EL GATO ENSOMBRERADO

RANDOM HOUSE

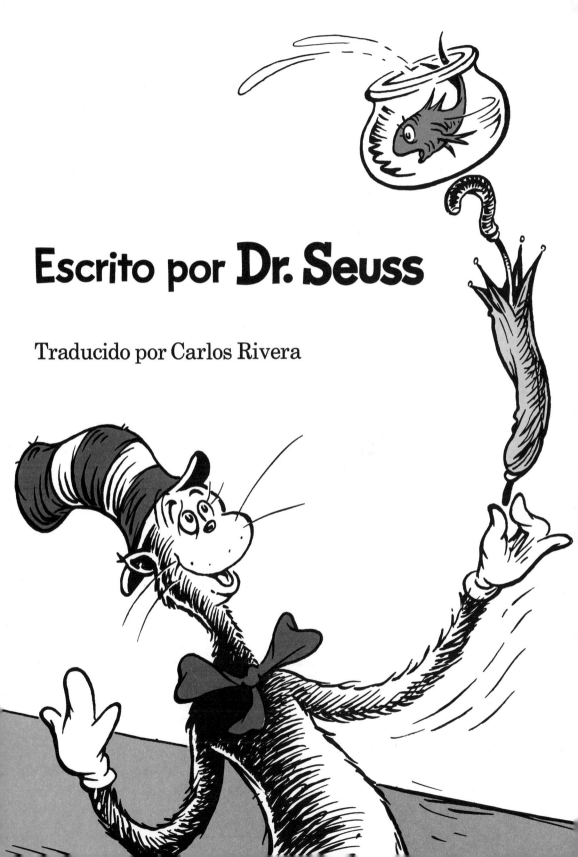

Escrito por **Dr. Seuss**

Traducido por Carlos Rivera

This title was originally cataloged by the Library of Congress as follows: Seuss, Dr. El gato ensombrerado, escrito por Dr. Seuss. Traducido por Carlos Rivera. [New York, Beginner Books] Random House [1967]
1 v. (unpaged) col. illus. 24 cm. (Yo lo puedo leer solo) A Beginner book in Spanish, SB-1. Cover title: The cat in the hat in English and Spanish. I. Rivera, Carlos, tr. II. Title. III. Title: The cat in the hat. PZ73.G4 67–5819 ISBN 0-394-81626-9 (trade) ISBN 0-394-91626-3 (lib. bdg.)
Manufactured in the United States of America   56

El sol no brillaba.
Estaba demasiado mojado para jugar.
Así es que nos sentamos adentro de la casa
todo aquel frío, frío día mojado.

The sun did not shine.
It was too wet to play.
So we sat in the house
All that cold, cold, wet day.

3

Yo estaba sentado allí con Sara.
Allí nos sentamos, los dos.
Y yo dije, —¡Cómo quisiera
que tuviéramos algo que hacer!

Demasiado mojado para salir afuera
y demasiado frío para jugar a la pelota.
Así es que nos sentamos adentro de la casa.
No hacíamos nadita.

I sat there with Sally.
We sat there, we two.
And I said, "How I wish
We had something to do!"

Too wet to go out
And too cold to play ball.
So we sat in the house.
We did nothing at all.

4

Así es que todo lo que podíamos hacer era
¡Sentarnos!
　　　¡Sentarnos!
　　　　　¡Sentarnos!
　　　　　　　¡Sentarnos!
Y no nos gustaba.
Ni una pizquita.

So all we could do was to
Sit!
　　Sit!
　　　Sit!
　　　　Sit!
And we did not like it.
Not one little bit.

5

Y luego
algo hizo ¡PUM!
¡Cómo nos hizo brincar ese porrazo!

And then
Something went BUMP!
How that bump made us jump!

¡Miramos!
¡Entonces lo vimos entrar pisando el tapete!
¡Miramos!
¡Y lo vimos!
¡El Gato Ensombrerado!
Y él nos dijo,
—¿Por qué se sientan Uds. allí de ese modo?—

We looked!
Then we saw him step in on the mat!
We looked!
And we saw him!
The Cat in the Hat!
And he said to us,
"Why do you sit there like that?"

8

Yo sé que está mojado
y que el sol no brilla.
¡Pero nosotros podemos tener
muy buena diversión que es chistosa!

"I know it is wet
And the sun is not sunny.
But we can have
Lots of good fun that is funny!"

—Yo sé algunos buenos juegos que podemos jugar—
dijo el gato.
—Yo sé algunas nuevas suertes—
dijo el Gato Ensombrerado—.
Muchas suertes buenas.
Yo se las mostraré.
A su mamá
no le molestará nadita si lo hago.

"I know some good games we could play,"
Said the cat.
"I know some new tricks,"
Said the Cat in the Hat.
"A lot of good tricks.
I will show them to you.
Your mother
Will not mind at all if I do."

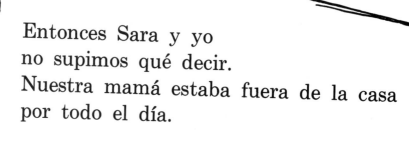

Entonces Sara y yo
no supimos qué decir.
Nuestra mamá estaba fuera de la casa
por todo el día.

Then Sally and I
Did not know what to say.
Our mother was out of the house
For the day.

Pero nuestro pez dijo, —¡No! ¡No!
¡Hagan que el gato se vaya!
¡Díganle al Gato Ensombrerado
que Uds. NO quieren jugar!
El no debe estar aquí.
El no debe andar acá y allá.
¡El no debe estar aquí
cuando la mamá de Uds. está fuera!

But our fish said, "No! No!
Make that cat go away!
Tell that Cat in the Hat
You do NOT want to play.
He should not be here.
He should not be about.
He should not be here
When your mother is out!"

13

—¡Vamos! ¡Vamos! ¡No teman Uds.!
¡No teman Uds.!—dijo el gato.
—Mis suertes no son malas—
dijo el Gato Ensombrerado—.
Pues, podemos tener
muy buena diversión, si Uds. lo desean,
con un juego que llamo
¡ARRIBA-ARRIBA-ARRIBA con un pez!

"Now! Now! Have no fear.
Have no fear!" said the cat.
"My tricks are not bad,"
Said the Cat in the Hat.
"Why, we can have
Lots of good fun, if you wish,
With a game that I call
Up-up-up with a fish!"

—¡Bájame!—dijo el pez—.
¡Esto no es nada divertido!
—¡Bájame!—dijo el pez—.
¡NO deseo caerme!

"Put me down!" said the fish.
"This is no fun at all!
Put me down!" said the fish.
"I do NOT wish to fall!"

—¡No temas!—dijo el gato.
—No te dejaré caer.
Te detendré muy alto
mientras me paro en una pelota.
¡Con un libro en una mano!
¡Y una taza sobre el sombrero!
¡Pero eso no es TODO lo que puedo hacer!—
dijo el gato . . .

"Have no fear!" said the cat.
"I will not let you fall.
I will hold you up high
As I stand on a ball.
With a book on one hand!
And a cup on my hat!
But that is not ALL I can do!"
Said the cat . . .

—¡Mírenme!
¡Mírenme ahora!—dijo el gato—.
¡Con una taza y un pastel
sobre mi sombrero!
¡Puedo detener arriba DOS libros!
¡Puedo detener arriba el pez!
¡Y un barquito de juguete!
¡Y leche en un plato!
¡Y miren!
¡Puedo saltar sobre la pelota!
¡Pero esto no es todo!
¡O! no.
Eso no es todo . . .

"Look at me!
Look at me now!" said the cat.
"With a cup and a cake
On the top of my hat!
I can hold up TWO books!
I can hold up the fish!
And a little toy ship!
And some milk on a dish!
And look!
I can hop up and down on the ball!
But that is not all!
Oh, no.
That is not all . . .

—¡Mírenme!
¡Mírenme!
¡Mírenme AHORA!
Es divertido divertirse
pero uno tiene que saber cómo.
¡Puedo detener arriba la taza
y la leche y el pastel!
¡Puedo detener arriba estos libros!
¡Y el pez sobre un rastrillo!
¡Puedo detener el barco de juguete
y un hombrecito de juguete!
¡Y miren! ¡Con la cola
puedo detener un abanico rojo!
¡Puedo abanicarme con el abanico
mientras salto sobre la pelota!
Pero eso no es todo.
¡O! no.
Eso no es todo . . .

"Look at me!
Look at me!
Look at me NOW!
It is fun to have fun
But you have to know how.
I can hold up the cup
And the milk and the cake!
I can hold up these books!
And the fish on a rake!
I can hold the toy ship
And a little toy man!
And look! With my tail
I can hold a red fan!
I can fan with the fan
As I hop on the ball!
But that is not all.
Oh, no.
That is not all. . . ."

Eso es lo que el gato dijo . . .
¡Entonces se cayó de cabeza!
Cayó de un porrazo
desde arriba de la pelota.
Y Sara y yo,
¡vimos caer TODAS las cosas!

That is what the cat said . . .
Then he fell on his head!
He came down with a bump
From up there on the ball.
And Sally and I,
We saw ALL the things fall!

Y nuestro pez cayó, también.
¡Cayó adentro de una tetera!
Dijo, —¿Me gusta esto?
¡O, no! No me gusta.
Este no es un buen juego—
dijo nuestro pez al caer—.
¡No, no me gusta,
ni una pizquita!

And our fish came down, too.
He fell into a pot!
He said, "Do I like this?
Oh, no! I do not.
This is not a good game,"
Said our fish as he lit.
"No, I do not like it,
Not one little bit!"

—¡Ahora mira lo que hiciste!—
Le dijo el pez al gato.
—¡Ahora mira esta casa!
¡Mira esto! ¡Mira aquello!
Hundiste nuestro barco de juguete,
lo hundiste profundamente en el pastel.
Agitaste nuestra casa
y doblaste nuestro rastrillo nuevo.
Tú NO DEBES estar aquí
cuando nuestra mamá no está.
¡Salte de esta casa!—
dijo el pez en la tetera.

"Now look what you did!"
Said the fish to the cat.
"Now look at this house!
Look at this! Look at that!
You sank our toy ship,
Sank it deep in the cake.
You shook up our house
And you bent our new rake.
You SHOULD NOT be here
When our mother is not.
You get out of this house!"
Said the fish in the pot.

28

—Pero a mí me gusta estar aquí.
¡O! ¡me gusta mucho!—
dijo el Gato Ensombrerado
al pez en la tetera.
—Yo NO me iré.
¡Yo NO quiero irme!
Y así es que—dijo el Gato Ensombrerado—,
así es que
    así es que
       así es que . . .
¡Yo les enseñaré
otro buen juego que yo sé!

"But I like to be here.
Oh, I like it a lot!"
Said the Cat in the Hat
To the fish in the pot.
"I will NOT go away.
I do NOT wish to go!
And so," said the Cat in the Hat,
"So
    so
       so . . .
I will show you
Another good game that I know!"

Y luego salió corriendo.
Y, luego, tan rápidamente como una zorra,
el Gato Ensombrerado
volvió con una caja.

And then he ran out.
And, then, fast as a fox,
The Cat in the Hat
Came back in with a box.

Una grande caja roja de madera.
Estaba cerrada con un gancho.
—Ahora vean esta suerte—
dijo el gato—.
¡Miren!

A big red wood box.
It was shut with a hook.
"Now look at this trick,"
Said the Cat.
"Take a look!"

31

Entonces se subió encima
tocando el sombrero con los dedos.
—Yo llamo a este juego DIVERSION-EN-UNA-CAJA—
dijo el gato.
—En esta caja hay dos cosas
que les mostraré a Uds. ahora.
A Uds. les gustarán estas dos cosas—
dijo el gato haciendo una reverencia—.

Then he got up on top
With a tip of his hat.
"I call this game FUN-IN-A-BOX,"
Said the cat.
"In this box are two things
I will show to you now.
You will like these two things,"
Said the cat with a bow.

Alzaré el gancho.
Uds. verán algo nuevo.
Dos cosas. Y yo las llamo
Cosa Número Uno y Cosa Número Dos.
Estas Cosas no los morderán.
Quieren divertirse.
¡Entonces, de la caja
salieron Cosa Número Dos y Cosa Número Uno!
Y corrieron rápidamente hacia nosotros.
Dijeron, —¿Cómo están Uds.?
¿Gustan estrechar las manos
con Cosa Número Uno y con Cosa Número Dos?

"I will pick up the hook.
You will see something new.
Two things. And I call them
Thing One and Thing Two.
These Things will not bite you.
They want to have fun."
Then, out of the box
Came Thing Two and Thing One!
And they ran to us fast.
They said, "How do you do?
Would you like to shake hands
With Thing One and Thing Two?"

Y Sara y yo
no supimos qué hacer.
Así es que tuvimos que estrechar las manos
con la Cosa Número Uno y con la Cosa
Número Dos.
Les estrechamos las dos manos.
Pero nuestro pez dijo, —¡No! ¡No!
¡Esas Cosas no deben estar
en esta casa! ¡Háganlas que se vayan!

And Sally and I
Did not know what to do.
So we had to shake hands
With Thing One and Thing Two.
We shook their two hands.
But our fish said, "No! No!
Those Things should not be
In this house! Make them go!

—¡No deben estar aquí
cuando su mamá no está!
¡Echenlas fuera! ¡Echenlas fuera!—
dijo el pez en la tetera.

"They should not be here
When your mother is not!
Put them out! Put them out!"
Said the fish in the pot.

—No temas, pececito—
dijo el Gato Ensombrerado—.
Estas Cosas son Cosas buenas.
Y las acarició con la mano.
—Son mansas. ¡O, tan mansas!
Han venido aquí a jugar.
Ellas les darán a Uds. alguna diversión
en este día mojado, mojado, mojado.

"Have no fear, little fish,"
Said the Cat in the Hat.
"These Things are good Things."
And he gave them a pat.
"They are tame. Oh, so tame!
They have come here to play.
They will give you some fun
On this wet, wet, wet day."

—Ahora, aquí está un juego que les gusta—
dijo el gato.
—Les gusta volar papalotes—
dijo el Gato Ensombrerado.

"Now, here is a game that they like,"
Said the cat.
"They like to fly kites,"
Said the Cat in the Hat.

—¡No! ¡No adentro de la casa!—
dijo el pez en la tetera—.
¡No deben volar papalotes
adentro de una casa! No deben.
¡O! ¡las cosas con que van a tropezar!
¡O! ¡las cosas que van a golpear!
¡O! ¡No me gusta!
¡Ni una pizquita!

"No! Not in the house!"
Said the fish in the pot.
"They should not fly kites
In a house! They should not.
Oh, the things they will bump!
Oh, the things they will hit!
Oh, I do not like it!
Not one little bit!"

Entonces Sara y yo
las vimos correr pasillo abajo.
¡Vimos aquellas dos Cosas
tropezar sus papalotes en la pared!
¡Pum! ¡Pum! ¡Pum! ¡Pum!
En la pared del pasillo.

Then Sally and I
Saw them run down the hall.
We saw those two Things
Bump their kites on the wall!
Bump! Thump! Thump! Bump!
Down the wall in the hall.

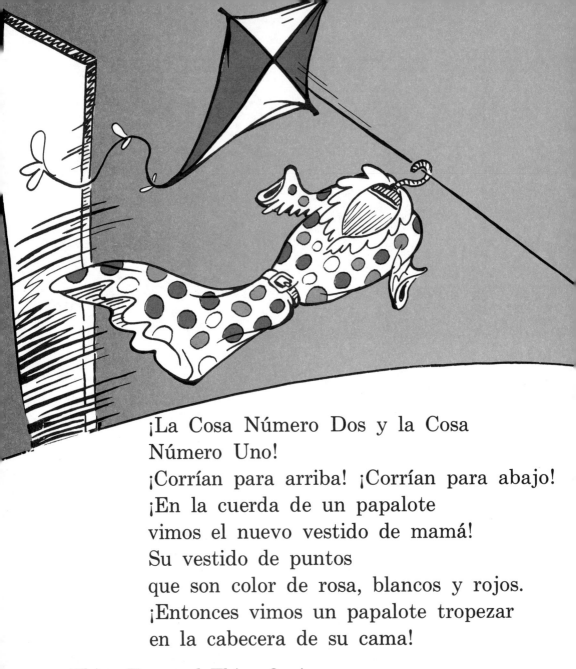

¡La Cosa Número Dos y la Cosa
Número Uno!
¡Corrían para arriba! ¡Corrían para abajo!
¡En la cuerda de un papalote
vimos el nuevo vestido de mamá!
Su vestido de puntos
que son color de rosa, blancos y rojos.
¡Entonces vimos un papalote tropezar
en la cabecera de su cama!

Thing Two and Thing One!
They ran up! They ran down!
On the string of one kite
We saw Mother's new gown!
Her gown with the dots
That are pink, white and red.
Then we saw one kite bump
On the head of her bed!

44

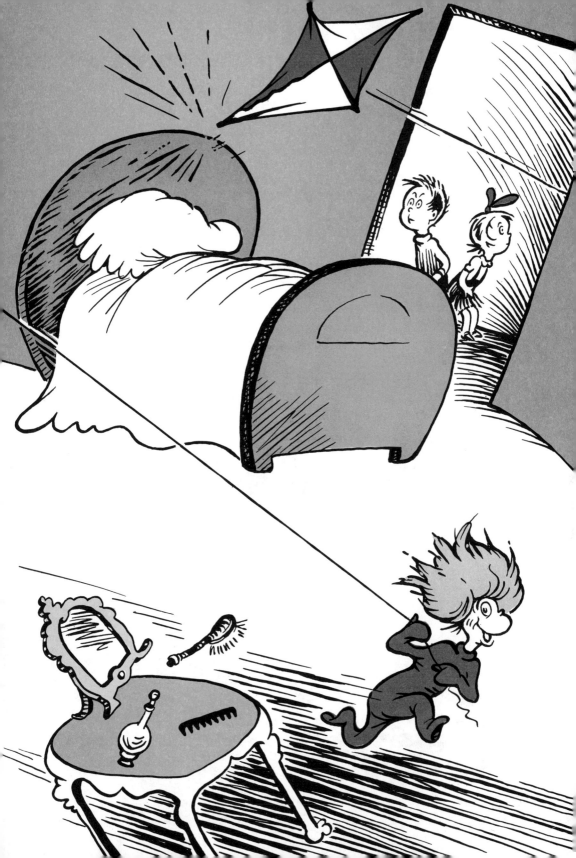

Entonces aquellas Cosas corrieron acá y allá
con grandes tropezones, saltos y patadas
y con brincos y grandes porrazos
y toda clase de malas travesuras.
Y yo dije,
—¡A mí NO me gusta el modo que juegan!
Si mamá pudiera ver esto,
¡O! ¡qué diría!

Then those Things ran about
With big bumps, jumps and kicks
And with hops and big thumps
And all kinds of bad tricks.
And I said,
"I do NOT like the way that they play!
If mother could see this,
Oh, what would she say!"

47

Entonces nuestro pez dijo, —¡MIREN! ¡MIREN!—
Y nuestro pez temblaba de temor.
—¡La mamá de Uds. viene rumbo a casa!
¿Oyen Uds.?
¡O! ¿qué nos hará?
¿Qué dirá?
¡O! ¡no le gustará
encontrarnos de este modo!

Then our fish said, "LOOK! LOOK!"
And our fish shook with fear.
"Your mother is on her way home!
Do you hear?
Oh, what will she do to us?
What will she say?
Oh, she will not like it
To find us this way!"

—Así es que, ¡HAGAN algo! ¡Pronto!—dijo el pez—.
¿Oyen Uds.?
La ví. ¡La mamá de Uds.!
¡La mamá de Uds. está cerca!
Así es que, tan rápidamente como puedan,
¡Piensen en algo que hacer!
¡Tendrán que deshacerse de
la Cosa Número Uno y la Cosa Número Dos!

"So, DO something! Fast!" said the fish.
"Do you hear!
I saw her. Your mother!
Your mother is near!
So, as fast as you can,
Think of something to do!
You will have to get rid of
Thing One and Thing Two!"

Así es que, tan rápidamente como pude,
fuí a traer mi red.
Y dije, —Con mi red
puedo cogerlas, apuesto que sí.
¡Apuesto que, con mi red,
aún puedo coger esas Cosas!

So, as fast as I could,
I went after my net.
And I said, "With my net
I can get them I bet.
I bet, with my net,
I can get those Things yet!"

Entonces dejé caer mi red.
¡Cayó con un PAF!
¡Y las tenía! ¡Al fin!
Aquellas dos Cosas tenían que parar.
Entonces le dije al gato,
—Ahora haz lo que yo digo.
¡Empaca esas Cosas!
Y ¡llévatelas!

Then I let down my net.
It came down with a PLOP!
And I had them! At last!
Those two Things had to stop.
Then I said to the cat,
"Now you do as I say.
You pack up those Things
And you take them away!"

—¡Ay de mí!—dijo el gato—.
No les gustó nuestro juego . . .
¡Ay de mí!
    ¡Qué lástima!
        ¡Qué lástima!
            ¡Qué lástima!

"Oh dear!" said the cat.
"You did not like our game . . .
Oh dear.
        What a shame!
            What a shame!
                What a shame!"

Entonces encerró las Cosas
en la caja con el gancho.
Y el gato se fué
con una mirada medio triste.

Then he shut up the Things
In the box with the hook.
And the cat went away
With a sad kind of look.

—¡Eso es bueno—dijo el pez—.
Ya se fué. Sí.
Pero la mamá de Uds. vendrá.
¡Encontrará este grande revoltijo!
Y este revoltijo es tan grande
y tan hondo y tan alto,
que no podemos recogerlo.
¡No hay ningún modo!

"That is good," said the fish.
"He has gone away. Yes.
But your mother will come.
She will find this big mess!
And this mess is so big
And so deep and so tall,
We can not pick it up.
There is no way at all!"

Y ¡LUEGO!
¿Quién volvió a la casa?
Pues, ¡el gato!
—No teman este revoltijo!—
dijo el Gato Ensombrerado—.
Yo siempre recojo todos mis juguetes
y así es que . . .
¡Yo les mostraré otra
suerte buena que yo sé!

And THEN!
Who was back in the house?
Why, the cat!
"Have no fear of this mess,"
Said the Cat in the Hat.
"I always pick up all my playthings
And so . . .
I will show you another
Good trick that I know!"

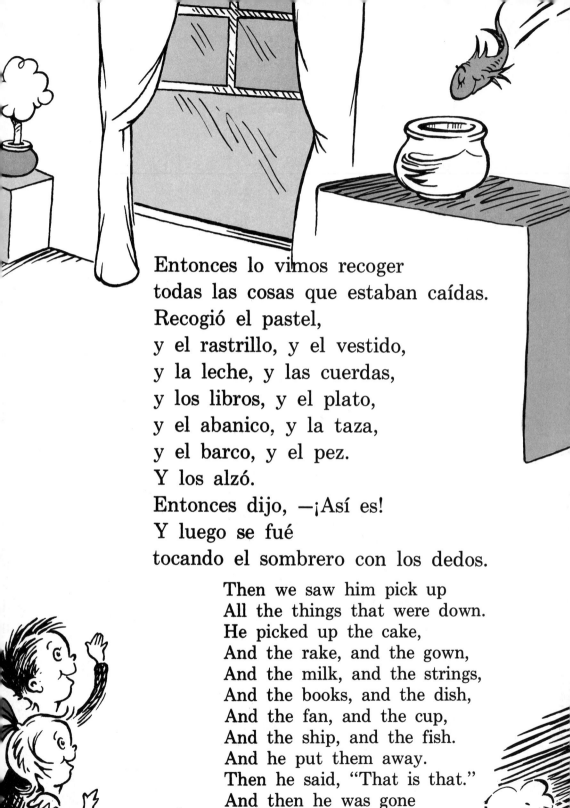

Entonces lo vimos recoger
todas las cosas que estaban caídas.
Recogió el pastel,
y el rastrillo, y el vestido,
y la leche, y las cuerdas,
y los libros, y el plato,
y el abanico, y la taza,
y el barco, y el pez.
Y los alzó.
Entonces dijo, —¡Así es!
Y luego se fué
tocando el sombrero con los dedos.

Then we saw him pick up
All the things that were down.
He picked up the cake,
And the rake, and the gown,
And the milk, and the strings,
And the books, and the dish,
And the fan, and the cup,
And the ship, and the fish.
And he put them away.
Then he said, "That is that."
And then he was gone
With a tip of his hat.

61

Entonces nuestra mamá entró
y nos dijo a nosotros dos,
—¿Se divirtieron?
¡Díganme! ¿Qué hicieron?

Y Sara y yo no supimos
qué decir.
¿Debiéramos decirle
las cosas que pasaron allí todo ese día?

Then our mother came in
And she said to us two,
"Did you have any fun?
Tell me. What did you do?"

And Sally and I did not know
What to say.
Should we tell her
The things that went on there that day?

¿Debiéramos decírselo?
Pues, ¿qué DEBIERAMOS hacer?
Pues . . .
¿Qué hicieras TU
si tu mamá TE preguntara?

Should we tell her about it?
Now, what SHOULD we do?
Well . . .
What would YOU do
If your mother asked YOU?